Jangala Tribal Warriors:
Living, Growing and Learning From the Heart

Guerreros Tribales de Jangala:
Amando, Creciendo y Aprendiendo Desde el Corazón

Sherry A. Blair, MSSW, LCSW, BCPC
Nancy Azevedo Bonilla, MSW, LCSW

Facilitator's Guide with / *Guía del Facilitador con*
Kelly Hollywood-Lehman

Illustrated by / *Ilustrado por*
Beverly Lazor

A Note to You Amazing Adult Tribe Members

Jangala is the Sanskrit word for jungle and in this story our Jangala is the rainforest situated in India. Rainforests represent just one of the beautiful natural systems we need in our environment. The Jangala Tribal Warriors live and care for the Jangala and realize at a young age how we are interdependent with our environment. They learn about living, growing and learning from the heart as a way to relate to one another and the characters, although unique and diverse in their own special way, see each other at the heart and soul level. They embrace the beauty of their differences yet interact and relate on common ground.

We are honored to introduce The Nurtured Heart Approach® developed by Howard Glasser as the language the characters use to speak to one another. *Jangala Tribal Warriors Series* begins with *Living Growing and Learning from the Heart* and presents The Nurtured Heart Approach® as the universal language in the tribe. Two of the younger characters, Nina and Gabby get entangled in a conflict that stemmed from teasing and we learn how the entire tribe stands together to make change for the better.

Una Nota a Ustedes Asombrosos Miembros Adultos de La Tribu

Jangala es la palabra Sánscrita para la palabra jungla y en esta historia nuestra Jangala es la selva lluviosa situada en India. Las selvas lluviosas representan Sólo uno de los bellos sistemas naturales que necesitamos en nuestro medio ambiente. Los Guerreros Tribales de Jangala viven y cuidan de Jangala y realizan a temprana edad cómo somos interdependientes con nuestro medio ambiente. Aprenden acerca de vivir, crecer y aprender desde el corazón como una manera de relacionarse uno al otro y los caracteres, aunque son únicos y diversos en su propia manera especial, se ven uno al otro al nivel del corazón y el alma. Abrazan la belleza de sus diferencias pero interactúan y se relacionan en terreno común.

Nos honramos en presentar El Método Corazón Nutrido, desarrollado por Howard Glasser como el lenguaje que los caracteres utilizan para hablarse uno al otro. "La Serie Guerreros Tribales", empieza con "Viviendo Creciendo y Aprendiendo Del Corazón" y presenta El Método Corazón Nutrido como el lenguaje universal de la tribu. Dos de los caracteres más jóvenes, Nina y Gabby se entreveran en un conflicto que originó por ser atormentada y aprendemos cómo la tribu entera se une para hacer un cambio mejorador.

Somewhere across the oceans and mountains is the land of Jangala. In the Jangala lives a very special group of animals called the Jangala Tribal Warriors. One thing that makes them so special is that they all talk to each other with kind words, even if they sometimes get mad at each other!

En algún lugar a través de los océanos y montañas está la tierra de Jangala. En Jangala vive un grupo especial de animales llamados Los Guerreros Tribales de Jangala. Una cosa que los hace tan especiales es que se hablan uno al otro con palabras amables, ¡aún si a veces se enojan unos con los otros!

The Jangala tribe is all very different, but they share a special bond. They are just like a family. They all stay together. They care for each other and together they take care of the Jangala.

La Tribu Jangala es toda muy diferente, pero comparten un vínculo especial. Son justo como familia. Todos se quedan juntos. Se cuidan unos a los otros y cuidan de Jangala.

Each one of them has their very own greatness, things they are good at and things they need help with but when they work together—magic happens! They do everything that has to be done to keep Jangala in tip-top shape because Jangala is their home.

Let's meet the Jangala Warriors. Say hello to Jamuca, the lion. Jamuca is strong and can seem scary because of his big size and strong roar but he is not harmful at all. Jamuca brings peace and harmony to his tribe. Jamuca demands calmness when he speaks so everyone can listen. Jamuca and the other lions stand up for the rules. When Jamuca roars, he roars for good reasons like when he wants us to see everyone's greatness. He also uses calm ways to remind the tribe how to get back to their greatness.

Cada uno de ellos tiene su propia grandeza, cosas con las que son buenos y cosas con las que necesitan ayuda, pero cuando ellos trabajan juntos ¡magia ocurre! Ellos hacen todo lo que se tiene que hacer para mantener a Jangala en buena condición porque Jangala es su hogar.

Conozcamos los Guerreros de Jangala. Saluden a Jamuca, el león. Jamuca es fuerte y puede verse pavoroso por su gran tamaño y su fuerte rugido pero no es nada dañino. Jamuca trae paz y armonía a su tribu. Jamuca demanda la calma cuando él habla para que todos escuchen. Jamuca y los otros leones defienden las reglas. Cuando Jamuca ruge, él ruge por buenas razones como cuando quiere que veamos la grandeza de todos. Él también utiliza maneras calmadas para recordarle a la tribu cómo regresar de nuevo a su grandeza.

Then there is Sherrita, the wolf. Sherrita is quiet but so smart. She is known to be the teacher of the tribe; the one with the new ideas. She finds ways to see when you are making good choices and she teaches everyone else how to do that too. She also likes to help you use words for those good choices and for the greatness that Jamuca is often roaring about.

También está Sherrita, la loba. Sherrita es callada pero muy inteligente. Se le conoce como la maestra de la tribu; la que tiene las nuevas ideas. Ella encuentra maneras de ver cuando estás escogiendo bien y ella les enseña a todos cómo hacer eso también. Ella también gusta de ayudarte a usar palabras para ésas buenas opciones y por la grandeza que Jamuca seguido está rugiendo.

Nina and Gabby are antelopes and they are younger and more playful but they know when to stop fooling around to listen. They have tons of respect for everyone. They especially respect Jamuca and Sherrita and look to them for direction…sort of like how you look to your mommy and daddy, your teacher, or someone who looks after you for help.

Nina y Gabby son antílopes y son más jóvenes y más juguetonas pero ellos saben cuando dejar de vacilar para escuchar. Tienen mucho respeto para todos. Ellas respetan especialmente a Jamuca y a Sherrita y buscan su dirección…como cuando miras a tu mamá y papá, tu maestra, o alguien que te cuida para que te ayuden.

There is also Mr. Beamerz. Mr. Beamerz is the sun. He is just like a regular sun but a little extra special. This sun talks and he says very important things. He notices when people are being great. He spends his days shining the light on the greatness of people, animals, and Jangala. "I notice you," he often says. "I see you standing in your greatness," he says with a bright smile on his face.

También está el Sr. Beamerz. El Sr. Beamerz es el sol. Él es tal como un sol regular pero un poco extra especial. Éste sol habla y dice cosas muy importantes. Él nota cuando la gente está siendo grandiosa. Se pasa sus días brillando la luz en la grandeza de la gente, animales y Jangala. "Yo te noto," él dice a menudo. "Te veo parado en tu grandeza," él dice con una brillante sonrisa en su rostro.

Every morning when they wake up, they gather in the center of Jangala. They eat breakfast as Mr. Beamerz shines upon their faces. "I notice you all are on time and working together for the morning meal," says Mr. Beamerz. "I notice you standing in your greatness," he says.

Cada mañana cuando despiertan, se juntan en el centro de Jangala. Ellos comen su desayuno mientras el Sr. Beamerz brilla en sus rostros. "Yo noto que todos ustedes llegaron a tiempo y están trabajando juntos para la comida de la mañana," dice el Sr. Beamerz. "Yo noto que están parados en su grandeza," dice él.

After breakfast, the tribe talks about their plans for the day. The grown-ups spend time with special lessons every day for the young ones. They also all work together to take care of the Jangala throughout the day. The Jangala is their home, school and neighborhood. They talk about what needs to be done and how they will work together to do it.

Después del desayuno, la tribu habla acerca de sus planes para el día. Los mayores pasan tiempo con lecciones especiales diariamente para los jóvenes. Ellos todos también trabajan juntos para cuidar de Jangala a través del día. Jangala es su hogar, escuela y vecindario. Hablan acerca de qué se necesita hacer y cómo trabajarán juntos para hacerlo.

On most days, Nina and Gabby run off immediately after the morning gathering to do their chores. They make sure no humans leave any garbage behind. They are sure to clear the land that is next to the river so that the clear blue water flows freely. The most important thing they do is to wait for all the other animal friends living in Jangala to start coming to the Jangala center. They say hello and show their happiness to them. There are so many of them.

En la mayoría de los días, Nina y Gabby corren inmediatamente después de la junta matutina a hacer sus tareas. Ellos se aseguran que los humanos no dejen basura detrás. Ellos se aseguran de limpiar la tierra que está enseguida del río para que el agua azul clara fluya libremente. La cosa más importante que hacen es esperar por todos los demás amigos animales que viven en Jangala que empiecen a venir al centro Jangala. Ellas saludan y muestran su felicidad a ellos. Hay tantos de ellos.

Sherrita leads them into fun activities that help them learn. She gives them new ideas to try since they have so much energy! Sherrita is a teacher to them and a protector all at the same time. Jamuca is quieter and teaches respect and the importance of rules. He likes to stand on the top of the mountain and watch the tribe all day long. Jamuca is a protector too.

Sherrita les guía en actividades divertidas que les ayuda a aprender. ¡Ella les da nuevas ideas a tratar ya que tienen tanta energía! Sherrita es para ellos una maestra y una protectora a la vez. Jamuca es más callado y enseña el respeto y la importancia de las reglas. Le gusta pararse en la cima de la montaña y mirar la tribu todo el día. Jamuca es un protector también.

When nighttime comes, the tribe gathers around the warm fire to share stories about what they did and what they could do better the next day to grow and protect their Jangala. The stories are straight from the heart. They bring so much special power for the next day in the Jangala.

Cuando llega la noche, la tribu se junta alrededor de la tibia fogata para compartir historias acerca de lo que hicieron y lo que podrían hacer mejor el próximo día para crecer y proteger su Jangala. Las historias vienen directamente desde el corazón. Traen tanto poder especial al día siguiente en Jangala.

Sometimes they get off track and forget to make good choices. Nina and Gabby went off into Jangala to do their usual chores. Nina started by clearing the river bed while Gabby cleared the area surrounding the river of branches and anything else the wind might have blown overnight.

A veces se salen del carril y se olvidan de hacer buenas elecciones. Nina y Gabby se fueron a Jangala a hacer sus tareas usuales. Nina empezó limpiando la orilla del río mientras Gabby limpiaba el área alrededor del río de ramas y cualquier cosa que el viento haya soplado en la noche.

On this day, Nina was not doing well. She coughed all the way to the river and was feeling very weak. "I am feeling sick, Gabby," said Nina. "Do you think you could help me clear the river bed?" said Nina. Gabby, whom was also not feeling very well looked straight into Nina's eyes and started to laugh. "Stop being such a baby, Nina," said Gabby. Nina became tearful and was so very hurt. "I'm not being a baby," said Nina. "I'm not feeling well and would like your help," said Nina but Gabby continued doing his chores as he laughed at Nina's cry. "It's not very pretty to be a sick antelope," joked Gabby. "Hahahaha," he laughed. Nina silently finished her chores and cried. When she finished, she ran off into Jangala. "Stop being a baby!" shouted Gabby. "It's just a joke," he said. Unfortunately, Nina was gone and nowhere to be found.

En éste día Nina no se sentía bien. Ella tosió todo el camino hasta el río y se sentía muy débil. "Me siento enferma, Gabby," dijo Nina. "¿Crees poder ayudarme a limpiar la orilla del río?" dijo Nina. Gabby, que tampoco se sentía muy bien, miró directamente en los ojos de Nina y empezó a reír. "Deja de ser como una bebita, Nina," dijo Gabby. Nina empezó a llorar y estaba muy lastimada. "No estoy siendo como una bebita," dijo Nina. "No me siento bien y quisiera tu ayuda," dijo Nina pero Gabby continuó haciendo sus tareas mientras se reía del llanto de Nina. "No es muy bonito ser un antílope enfermo," bromeó Gabby. "Ja ja ja," él reía. Nina silenciosamente terminó sus tareas y lloró. Cuando terminó, corrió hasta Jangala. "¡Deja de ser una bebita¡" gritó Gabby. "Era sólo una broma," dijo él. Desafortunadamente, Nina ya se había ido y no se encontraba por ningún lugar.

When nighttime came, Nina did not show up to the bonfire gathering. At first, Gabby didn't notice since she is usually late anyway, he thought to himself, but Sherrita and Jamuca knew something was not right.

Cuando llegó la noche, Nina no se presentó a la junta de la fogata. Al principio, Gabby no notó ya que ella usualmente llegaba tarde de todos modos, él pensó hacia sí, pero Sherrita y Jamuca sabían que algo no estaba bien.

They waited and waited but she never came. Gabby started to feel worried and guilty. "This is all my fault," he said as he told them what happened at the river bed. "Gabby, I see you are feeling badly that you may have hurt Nina's feelings with your words. I see how much you care. We will find her and you can help," said Sherrita. "I'm sure Nina is simply taking some time to sort out her feelings," but Sherrita knew something was not right. Jamuca felt the same and didn't say much but they both were being great leaders in working together to find Nina.

Esperaron y esperaron pero ella nunca llegó. Gabby empezó a sentirse preocupado y culpable. "Esto es todo mi culpa," dijo él mientras les dijo lo que había pasado en la orilla del río. "Gabby ya veo que te sientes mal de que hayas herido los sentimientos de Nina con tus palabras. Ya veo cuánto te preocupa. La encontraremos y tú puedes ayudar," dijo Sherrita. "Estoy segura que Nina está simplemente tomando tiempo para sortear sus sentimientos," pero Sherrita sabía que algo no estaba bien. Jamuca se sentía igual y no dijo mucho pero ambos eran grandes líderes en trabajar juntos para encontrar a Nina.

After waiting a while, Jamuca, Sherrita and Gabby decided to go out into the dark Jangala to find Nina. They knew that as they did with everything else, if they worked together with the help of their land of Jangala, they would find their Nina. And so off they went into the night calling and looking for Nina.

They were not alone. Something special happens when Mr. Beamerz moves around the earth. Mrs. Glowee comes out and when she is full, you can see her glowing through the whole Jangala. They all feel safe knowing that Mrs. Glowee is traveling with them and shining her moonlight to show them the way.

Después de esperar un rato, Jamuca, Sherrita y Gabby decidieron ir a la oscura Jangala para encontrar a Nina. Ellos sabían eso tal como lo hacían todo lo demás, si trabajaban juntos con la ayuda de su tierra de Jangala, ellos encontrarían a su Nina. Y así se fueron hacia la noche llamando y buscando a Nina.

No estaban solos. Algo especial sucede cuando el Sr. Beamerz se mueve alrededor de la tierra. La Sra. Glowee sale y cuando está llena, se puede ver su resplandor a través de todo Jangala. Todos se sienten seguros sabiendo que la Sra. Glowee viaja con ellos y brillando su luz de luna para mostrarles el camino.

Mrs. Glowee was like their night light as they walked past tree after tree. They called: "Nina, where are you?" "I'm sorry, Nina," whispered Gabby as he searched. "I'm sorry I made you feel like you weren't important or special," he said. Mrs. Glowee said, "Gabby, I like how brave you are to admit you made a mistake by teasing Nina." Sherrita didn't say much as she led her other friends through the darkness of Jangala. Jamuca stood behind the other two in much silence but was very focused on finding Nina. Mrs. Glowee told Jamuca and Sherrita what great leaders they were for staying calm, focused and in command of the search.

La Sra. Glowee era como su luz nocturna mientras pasaban de árbol a árbol. Gritaban: "¿Nina, donde estas?" "Lo siento, Nina," susurraba Gabby mientas buscaba. "Siento mucho que te hice sentir como que no eras importante o especial," dijo él. La Sra. Glowee dijo, "Gabby, me gusta qué valiente tú eres en admitir que cometiste un error en vacilar a Nina" Sherrita no dijo mucho mientras guiaba sus otros amigos en la oscuridad de Jangala. Jamuca estaba parado detrás de los otros dos en silencio pero estaba muy enfocado en encontrar a Nina. La Sra. Glowee les dijo a Jamuca y a Sherrita qué grandes líderes eran por estar calmados, enfocados y a cargo de la búsqueda.

After searching for well over two hours, they came across a river with crystal blue water. The water was so clear that it sparkled and brought light to the area. The river connected two areas of the Jangala. Maybe Nina was on one of the sides. The animals walked through the water and kept on their journey. Mrs. Glowee was still shining her moonbeams as she seemed to magically guide them through the Jangala. She said to all of them, "You are all so caring and such good tribal warriors to look for Nina and for not giving up even though you are all so tired."

Después de buscar por más de dos horas, llegaron a un río con agua azul cristal. El agua estaba tan clara que chispeaba y daba luz al área. El río conectaba dos áreas de el Jangala. Quizás Nina estaba en uno de los dos lados. Los animales caminaban por el agua y continuaban su viaje. La Sra. Glowee todavía brillaba sus rayos de luz mientras parecía mágicamente guiarles a través de Jangala. Ella les dijo a todos ellos, "Son ustedes tan amorosos y tan buenos guerreros tribales por buscar a Nina y por no rendirse aún que todos ustedes están cansados."

"Nina, where are you?" shouted Gabby, but there was no response.

The tribe searched all night until Mrs. Glowee started to move to another part of the earth and Mr. Beamerz came out. Mr. Beamerz brought hope to this tribe. They all started to feel better as they heard Mr. Beamerz early in the morning. "I see you all sticking together to find Nina," he said. They knew that they were close to finding Nina and all they had to do was keep on hoping and sticking together.

"Nina, ¿donde estás?" gritaba Gabby, pero no había respuesta.

La tribu buscó toda la noche hasta que la Sra. Glowee empezó a moverse hacia otra parte de la tierra y el Sr. Beamerz salió. El Sr. Beamerz trajo esperanza a ésta tribu. Todos ellos empezaron a sentirse mejor cuando oyeron a el Sr. Beamerz temprano por la mañana. "Ya veo que están todos juntos para encontrar a Nina" dijo él. Sabían que se estaban acercando a encontrar a Nina y todo lo que tenían que hacer era continuar con la esperanza y mantenerse juntos.

They were tired and hungry and knew they needed to take a break from their search to care for themselves and get some more help but just before they gave up, there in the corner under a pile of branches was their Nina. "Nina!" screamed Gabby. "Oh Nina, I'm so sorry that…" Gabby stopped and noticed that Nina had made a friend. "What is it?" questioned Gabby. "His name is Saco, the snake," said Nina. The tribe was so happy as they ran to Nina.

Ellos estaban cansados y hambrientos y sabían que necesitaban tomar un descanso de su búsqueda para cuidar de sí mismos y conseguir más ayuda pero justo antes de rendirse, allí en la esquina bajo un montón de ramas estaba su Nina. "¡Nina!" gritó Gabby. "O Nina, siento mucho que…" Gabby paró y notó que Nina había hecho una amistad. "¿Qué es esto?" preguntó Gabby. "Su nombre es Saco, la víbora," dijo Nina. La tribu estaba tan feliz al correr hacia Nina.

"Nina, we are so happy to have found you. We searched all night because it was not very safe for you to leave the tribe and our tribe is not the same without you!" said Sherrita. "Oh, Sherrita," said Nina, "I know. My friend Saco and I had a long talk all night and he spoke to me about what I could have done instead. He reminded me about how to reset and how not to take action by myself that could put me in danger. I know about making a better choice now even though my feelings were hurt."

"Nina estamos tan felices de haberte encontrado. ¡Buscamos toda la noche porque no era muy seguro que dejaras la tribu y nuestra tribu no es igual sin ti!" dijo Sherrita. "O Sherrita," dijo Nina, "Lo sé. Mi amigo Saco y yo tuvimos una larga charla toda la noche y me habló acerca de lo que yo pude haber hecho en su lugar. Él me recordó acerca de cómo recolocarme y cómo no tomar acción solita que podría ponerme en peligro. Ya sé ahora acerca de tomar mejores opciones aún que mis sentimientos estaban heridos."

"I was hurt that Gabby didn't want to help me. When he teased me, I felt out of place and as if I didn't belong." "I didn't mean to Nina," interrupted Gabby. "I know you didn't, but it looked that way to me," said Nina. "I felt like you didn't like me," said Nina. "Saco has made me realize that when I feel that way, I need to talk about it and I also need to learn to listen. I'm sorry I ran off. I know it was not a good choice."

Sherrita said, "Gabby and Nina, we all make mistakes but the very big lesson is to see what we can learn from those mistakes so we do not make them again. I can see right now that in this moment you both have learned very big lessons and that tells me about your greatness." Jamuca roared and everyone knew it was time to have a party for greatness.

And at that very moment, Jamuca, Sherrita and Gabby were no longer afraid as they hugged Nina. Saco, the snake wrapped himself around them lovingly creating a circle with no end. The water glistened and Mr. Beamerz said, "I see how much you care about one another and see how you stand together even in hard times. You are true warriors." And doing what he did best in the beautiful land of Jangala he smiled as the tribe looked up into the warm, shining sunlight that surrounded their everlasting circle.

"Yo estaba herida que Gabby no quería ayudarme. Cuando él me vaciló, me sentí fuera de lugar como si no perteneciera." "No quise hacerlo Nina," interrumpió Gabby. "Ya sé que no, pero así me parecía a mi," dijo Nina. "Sentí como que yo no te agradaba," dijo Nina. "Saco me hizo que me diera cuenta que cuando yo me siento así, necesito hablarlo y también necesito aprender a escuchar. Siento haber corrido. Ya sé que no fue una buena opción."

Sherrita dijo, "Gabby y Nina, todos cometemos errores pero la muy grande lección es ver qué podemos aprender de ésos errores para no volver a cometerlos. Ya puedo ver ahora en éste momento que ambos ustedes han aprendido muy grandes lecciones y eso me habla de su grandeza." Jamuca rugió y todos sabían que era tiempo de tener una fiesta por la grandeza.

Y en ése preciso momento, Jamuca, Sherrita y Gabby ya no tenían miedo mientras abrazaban a Nina. Saco, la víbora se envolvió a su alrededor amorosamente creando un círculo sin fin. El agua brillaba y el Sr. Beamerz dijo, "Yo veo cuánto se aman unos a los otros y veo cómo están parados juntos aún en tiempos difíciles. Son ustedes verdaderos guerreros." Y haciendo lo que hacía mejor en la bella tierra de Jangala, él sonrió mientras la tribu miraba hacia arriba a la tibia, brillante luz del sol que rodeaba su círculo siempre duradero.

Follow us into the Jangala where Gabby and Nina hear about the things that make them great and then learn how to help each other feel great in **Jangala Tribal Warriors: A World Full of Greatness.**

Síguenos hacia el Jangala donde Gabby y Nina escuchan acerca de las cosas que los hacen grandiosos y entonces aprender cómo ayudarse unos a los otros a sentirse grandiosos en Los Guerreros Tribales de Jangala: Un Mundo Lleno de Grandeza.

About the Authors

Sherry A. Blair

As founder/CEO of her own company, Sherry Blair inspires and motivates others by applying and encouraging positivity. She uses her skills to teach others how to build effective teams, and use non-violent communication to achieve results and resolve conflict. Teaching others to speak from their hearts is a key constituent of the work she does. She is committed to creating and nurturing a positive work environment that allows her team of committed professionals to serve children and families in the state of New Jersey's Wraparound System of Care in their homes and communities.

She is a graduate of Rutgers University with a Bachelor of Arts in Psychology and Women's Studies. She went on to obtain her Master of Science in Social Work with a concentration in Policy Analysis and International Social Welfare as a graduate of Columbia University. Additionally she is dually mastered in Industrial and Organizational Psychology and holds her PhD in Management. Sherry's areas of expertise are providing organizational consulting, coaching, behavioral health services, training and education. She assists organizations with performance enhancement, management coaching, team cohesiveness and effective communication.

Sherry is a New Jersey Licensed Clinical Social Worker, a Board Certified Professional Counselor and holds Diplomate Status as a Professional Coach through the International Association of Behavior Medicine and Psychological Counseling. She teaches Human Behavior in the Social Environment part-time for the University of Southern California, Graduate School of Social Work Virtual Academic Center. Sherry is an Advanced Trainer/ Certified Nurtured Heart Specialist currently serving on the Global Summit Committee for Howard Glasser and The Nurtured Heart Approach®, a transformational approach that changes lives.

Nancy Azevedo Bonilla

Nancy Azevedo Bonilla was born and raised in the city of Newark, New Jersey where her parents emigrated from Portugal. Nancy attended Newark Public Schools as a child and succeeded in all domains. Nancy went on to obtain a Bachelor of Arts in Human Ecology concentrating in Family Services from Montclair State University. Soon after, she acquired a Master of Science in Social Work with a concentration in Clinical Practice and an emphasis in children and adolescents from Rutgers University. Throughout her career, Nancy has remained true to her area of interest, expertise and above all, her roots. Being a trilingual therapist, Nancy has dedicated her career to work with children and adolescents in diverse communities. Nancy is currently a School Social Worker and Anti-Bullying Specialist at the same elementary school she attended as a child within Newark Public Schools.

In addition, she continues to work as an In-Home Therapist where she provides psychotherapy to children and adolescents with needs within the community. Nancy is the current Co-Chair for the National Association of Social Workers-NJ Chapter, Essex Unit where she co-leads service projects, events, and with her unit, works to create change on a macro level. Remaining true to her roots, Nancy still lives in Newark, New Jersey with her husband Sebastian. Her goal remains to deposit back into the heart of the community that deposited so much into her own.

Acerca de los Autores

Sherry A. Blair

Como fundadora y CEO de su propia compañía, Sherry Blair inspira y motiva a los demás aplicando y alentando la positividad. Ella utiliza sus habilidades para enseñarle a los demás cómo construir equipos efectivos, y a utilizar la comunicación no violenta para lograr resultados y resolver el conflicto. El Enseñarle a los demás a hablar de sus corazones es un componente clave del trabajo que ella hace. Ella está comprometida a crear y nutrir un medio ambiente laboral positivo que permita a su equipo de profesionales comprometidos a servir los niños y familias en el Sistema de Cuidado Envolvedor del estado de Nueva Jersey en sus hogares y comunidades.

Ella es graduada de la Universidad Rutgers con una Licenciatura en Artes en Psicología y Estudios de las Mujeres. Ella continuó para recibir su Maestría de Ciencias en Trabajo Social con una concentración en el Análisis de Pólizas y el Bienestar Social Internacional como graduada de la Universidad de Columbia. Adicionalmente, tiene doble maestría en Psicología Industrial y Organizacional. Las áreas de experiencia de ella son de proveer consulta organizacional, maestra, servicios de salud de comportamiento, entrenadora y en educación. Ella asiste a las organizaciones con desempeño aumentado, enseñanza de gerencia, coherencia de equipos y comunicación efectiva. Sherry es Licenciada en Nueva Jersey como Trabajadora Social Clínica, Consejera Profesional Certificada por la Mesa y una Maestra Profesional, Ella es una Entrenadora Avanzada y Especialista Certificada del Corazón Nutrido sirviendo al presente en Los Comités de Ética Global y la Cima del 2011 de Howard Glasser y el Método Corazón Nutrido, un método transformacional que cambia vidas.

Nancy Azevedo Bonilla

Nancy Azevedo Bonilla nació y creció en la ciudad de Newark, Nueva Jersey donde sus padres emigraron de Portugal. Nancy atendió las escuelas públicas de Newark desde niña y triunfó en todo aspecto. Nancy obtuvo una Licenciatura en Artes en Ecología Humana concentrada en Servicios Familiares de la Universidad Estatal de Montclair. Pronto después, adquirió un grado Amaestrado de Ciencia en trabajo Social con una concentración en Práctica Clínica y un énfasis en niños y adolescentes de La Universidad de Rutgers. A través de su carrera, Nancy ha permanecido verdadera a su área de interés, de experiencia y sobre todo, sus raíces. Siendo una terapeuta trilingüe, Nancy ha dedicado su carrera a trabajar con niños y adolescentes en comunidades diversas. Nancy es presentemente una Trabajadora Social Escolar y Especialista contra la intimidación en la misma escuela elementar que atendió como niña dentro de Las Escuelas Públicas de Newark.

Adicionalmente, ella continúa trabajando como una terapeuta en hogar donde ella provee psicoterapia a niños y adolescentes con necesidades dentro de la comunidad. Nancy es la Co-Presidenta para La Asociación Nacional de Trabajadores Sociales Capítulo de NJ, unidad Essex donde ella co-dirige proyectos de servicio, eventos y con su unidad trabaja para crear el cambio en nivel macro. Permaneciendo firme en sus raíces, Nancy todavía vive en Newark, Nueva Jersey con su esposo Sebastián. Su meta sigue siendo de depositar de regreso al corazón de la comunidad que depositó tanto al de ella.

About the Lead Creator for the Facilitator's Guide

The Facilitator's guide is available on **amazon.com** and where books are sold. To request bulk rates, contact us at **info@SherryBlairInstitute.com**.

Kelly Hollywood-Lehman

 Kelly Hollywood-Lehman was born and raised in the city of Nutley, New Jersey. Kelly attended Nutley Public Schools where she gained a love for learning new knowledge that encouraged her to pursue her dream of becoming a teacher. Kelly went on to obtain a Bachelor of Arts degree in Human Ecology with an Early Childhood Education concentration from Montclair State University and was also inducted into the National Honor Society for Education. Soon after she continued her education, she obtained a Master's degree in the Art of Teaching.

Kelly is currently a 2nd grade teacher in the Nutley Public Schools system along with the K-3 Anti-Bullying Specialist. Kelly's goal every day is to make learning a positive and nurturing experience for her students. Kelly is lucky to have such a wonderful career, but even luckier to share her life with her husband Richard and her best friend—her dog Rosie.

Acerca del Creador Principal para la Guía del Facilitador

Kelly Hollywood-Lehman

Kelly Hollywood-Lehman nació y creció en la ciudad de Nutley, Nueva Jersey. Kelly atendió las Escuelas Públicas de Nutley donde cultivó un amor de aprender nuevo conocimiento que la animó a perseguir su sueño de llegar a ser una maestra.

Kelly siguió y obtuvo una Licenciatura de Artes en Ecología Humana con una concentración en la Educación Temprana de Niños de la Universidad Estatal de Montclair y fue inducida a la Sociedad Nacional de Honor para la Educación. Pronto después continuó su educación, obtuvo una Maestría en el Arte de Enseñar. Kelly es al presente una maestra de segundo grado en el sistema de las Escuelas Públicas de Nutley junto con el Especialista K-3 Anti-intimidante. Kelly tiene suerte de tener tan maravillosa carrera, pero aún más de compartir su vida con su esposo Richard y su mejor amiga su perrita Rosie.

About the Artist

Beverly Lazor

 Beverly Lazor has been a freelance illustrator and fine artist for many years. Her love for the arts shows in her diversity of subjects matters. She has worked in the entertainment industry as well as illustrating numerous children's books, including the ones that came out with An American Tail, and The Land Before Time movies. She currently is part of the online faculty for The Academy of Art University in San Francisco, teaching drawing and painting classes. She lives in Southern California where she exhibits her paintings of local and international subjects in various galleries and art shows.

Acerca de La Artista

Beverly Lazor

Beverly Lazor ha sido una ilustradora independiente y fina artista por muchos años. Su amor por las artes es mostrado en la diversidad de sujetos. Ella ha trabajado en la industria del entretenimiento tal como ilustrando numerosos libros de niños, incluyendo los que salieron con las películas Una Cola Americana y La Tierra Antes Del Tiempo. Ella al corriente es parte de una facultad en línea para la Universidad De San Francisco de Academia de Arte, enseñando clases de dibujo y pintura. Ella vive en el sur de California donde exhibe sus pinturas de sujetos locales e Internacionales en varias galerías y demostraciones de arte.

About the Translator

Luis G. Fernandez

Luis was born in Mexico and at the age of 15 he moved to Sonoma California. He had attended school in Mexico to an educational level equivalent to 2nd year of college in the US. Not having learned English as of yet, he applied himself to learn the new language and after two months he could already relate to teachers and others.

Listening to music, watching TV, reading and writing all helped to learn English in a short time. He attended Santa Ana College in the evenings while he worked as a carpenter. When carpentry ended, Luis filed for unemployment. Instead of paying unemployment they employed him. So he began working for the State of California EDD at the entry-level position and climbed to the highest specialist positions on his field.

Luis has been certified by the State of California as a translator and interpreter for 35 years. Languages have always interested Luis since an early age and he worked hard to preserve both English and Spanish.

Luis retired in 2007 and has since begun self-employment interpreting for the Appeals Court and translating books, which is in demand.

Luis believes he is the luckiest man alive because he is a complete person, he has life, has love, a friend and is at peace spiritually.

Translating this book was a challenge for me and a valuable learning experience. While translating this book, I could visualize in my mind (both in English and Spanish) how adhering to all positive leads a mind to the natural flow of success and it's just a simple choice we all can make in our minds to go in the positive direction.

Dr. Sherry Blair paved the way to understanding this approach in a picturesque fashion and one cannot but to conclude that the approach is true and it works.

The challenge was to transmit Sherry's enthusiasm and wisdom past the borders of language. I believe that was achieved.

Acerca del Traductor

Luis G. Fernandez

Luis Fernandez nació en México y a la edad de 15 se mudó a Sonoma California. Él había asistido a la escuela en México a un nivel de educación equivalente al segundo año de preparatoria en EUA. Ya que no había aprendido el Inglés hasta entonces, se aplicó a aprender el nuevo lenguaje y tras de dos meses, ya podía relacionarse con los maestros y con los demás.

Escuchando música, mirando la Tele, leyendo y escribiendo, todo le ayudó a aprender Inglés en corto tiempo. Luis asistió el Colegio de Santa Ana por las tardes mientras trabajaba como carpintero. Se paró la carpintería y fue a solicitar su desempleo. En vez de desempleo, mejor lo emplearon y así empezó a trabajar para el Estado de California EDD en la posición del nivel de entrada y subió a las más altas posiciones de especialista en su campo.

Luis ha sido certificado por el Estado de California como intérprete y traductor por 35 años. A Luis siempre le han interesado los lenguajes desde una temprana edad y ha trabajado duro para preservar ambos el Español y el Inglés.

Luis se jubiló en el 2007 y desde entonces ha empezado a traducir en la Corte de Apelaciones, traduce el sermón simultáneamente en su iglesia y traduciendo libros, que está en demanda.

Luis cree ser el hombre más afortunado del mundo porque es una persona completa, tiene buena vida, tiene amor, amistades y está en paz espiritualmente.

Traducir éste libro fue un desafío para mí y una valiosa experiencia de aprendizaje. Mientras traducía éste libro, yo podía visualizar en mi mente (en Inglés y en Español) cómo adhiriéndose a todo lo positivo lleva a una mente al flujo natural del éxito y es sólo una simple opción que todos podemos hacer en nuestras mentes para ir en la dirección positiva.

La Dra. Sherry Blair pavó el camino hacia la comprensión de éste método de una manera pintoresca y uno no puede más que concluir que el método es verdadero y que funciona.

El desafío para mi fue el de transmitir el entusiasmo y la sabiduría de Sherry más allá de las fronteras del lenguaje. Creo que se logró.

The Nurtured Heart Approach® Story

The Nurtured Heart Approach® is a model for interacting with others and with ourselves. It works in any relationship dynamic—parent/child, teacher/student, manager/employee, therapist/client, spouse/spouse, friend/friend—to build positive perceptions and language. The Nurtured Heart Approach® was created by psychotherapist Howard Glasser. While working as a family therapist, Glasser found that his efforts to help difficult children and their families to thrive often failed. Sometimes, the methods he used—which were the methods he learned to use in his psychotherapeutic training—seemed to make matters worse. Already out-of-control children were escalating bad behaviors. Parents (and teachers) felt more and more helpless. And during that time, more and more children were being put on Ritalin and other drugs when therapy didn't bring the situation under control.

Glasser began to work intuitively, discarding all that didn't work to help his young patients embrace their intensity and heal from their pasts as "bad teens." Over time, he developed a series of tools that worked with even the most difficult children. Not only did these children become better behaved; they seemed *transformed*. They were just as intense and alive as ever, but they had been led into a place where they wanted to use their intensity to succeed. Parents and teachers who learned and applied the approach found that it made them much more effective at drawing children out of patterns of rule-breaking and misbehavior and into patterns of ever-increasing success and happiness. They found that the NHA helped them cultivate more positive, mutually rewarding relationships with other adults as well.

At this writing, tens of thousands of households, hundreds of schools, and even a few school systems are applying the NHA. Thousands of mental health professionals apply it to their therapy practices and their work with challenged adult and pediatric populations. Teachers are using the NHA to increase the productivity of their frontline workers—their students. Children exposed to the NHA in the classroom come to enjoy attending school; they participate more and increase their academic success because they truly want to learn. Suspensions drop, parent-teacher conversations about negative behaviors are reduced, and student trips to the office are reduced or eliminated. In schools where the NHA is applied, teacher retention has increased.

The NHA is a proactive approach to relationship that helps to circumvent time consuming conflicts and disciplinary actions, whether it's applied in a workplace or in a school. When it's applied in the education sector, there is often a need to increase curriculum. It enhances efficiency in the workplace too, allowing more to be accomplished in less time by reducing interpersonal conflicts and rule-breaking. NHA is the overarching transformational techniques that are introduced to teach children how to apply this approach to themselves and their peers. NHA builds children and youth up from the inside out creating flourishing and "inner wealth" that embodies character strengths, virtues and values.

When organizations adopt the approach, they build environments with inner wealth and flourishing positive relationships are the result. When used independently this approach changes lives however when used conjointly with other interventions it enhances, deepens and anchors in the positivity in a meaningful way. We like to refer to this change process as Miracle-Grow in real life.

La Historia del Método Corazón Nutrido

El Método Corazón Nutrido es un modelo para interactuar con los demás y con nosotros mismos. Funciona en cualquier dinámica relacional, padre-hijo, maestro-estudiante, gerente-empleado, terapeuta-cliente, esposo-esposa, amigo-amigo para construir percepciones y lenguaje positivos. El Método Corazón Nutrido fue creado por el psicoterapeuta Howard Glasser. Mientras trabajaba como terapeuta familiar, Glasser encontró que sus esfuerzos para ayudar niños difíciles y a sus familias a vivir mejor seguido fallaban. A veces los métodos que él usaba (los cuales eran los métodos que aprendió a usar en su entrenamiento psicoterapéutico) parecían empeorar las cosas. Los niños ya fuera de control estaban escalando en mal comportamiento. Los padres y maestros se sentían más y más desamparados. Y durante ése tiempo, a más y más niños se les estaba recetando Ritalin y otras drogas cuando la terapia no traía la situación bajo control.

Glasser empezó a trabajar intuitivamente, desechando todo lo que no trabajaba para ayudar a sus jóvenes pacientes a abrazar su intensidad y sanar de sus pasados como "malos jóvenes." Sobre el tiempo, él desarrolló una serie de herramientas que funcionaron aún con los niños más difíciles. No sólo estos niños se comportaron mejor, parecían transformados. Estaban justo tan intensos y vivos como siempre, pero habían sido guiados a un lugar donde querían usar su intensidad para triunfar. Los padres y los maestros quienes aprendieron y aplicaron el Método encontraron que los hizo mucho más efectivos en sacar a los niños fuera de sus costumbres de romper las reglas y mal comportamiento y hacia costumbres de incrementante éxito y felicidad. Encontraron que el MCN les ayudó a cultivar relaciones más positivas más mutuamente apremiantes con otros adultos también.

Al escribir esto, decenas de miles de hogares , cientos de escuelas, y aún unos pocos sistemas escolares están aplicando el MCN. Miles de profesionales de la salud mental lo aplican a sus prácticas de terapia y a su trabajo con adultos desafiados y populaciones pédiatras. Los maestros que usan el MCN aumentan la productividad de sus trabajadores de línea frente, sus estudiantes. Los niños expuestos al MCN en el salón de clases llegan a disfrutar de atender la escuela; participan más e incrementan su éxito academic porque verdaderamente quieren aprender. Las suspensiones caen, las conversaciones padre-maestro sobre comportamiento negativo reducen, y los viajes a la oficina reducen o son eliminados. El las escuelas donde se utiliza el MCN se aplica, la retención de maestros ha incrementado.

El MCN es un método proactivo a las relaciones que ayuda a circunvenir conflictos que consumen el tiempo y acciones disciplinarias, ya sea aplicado en el trabajo o el la escuela. Cuando se aplica en el sector educacional, hay seguido una necesidad de aumentar el currículo. Aumenta la eficiencia en el trabajo también, permitiendo que se cumpla más en menos tiempo reduciendo conflictos interpersonales y la violación de reglas. El MCN son las técnicas arqueadas de transformación que son introducidas para enseñar a los niños cómo aplicar éste método a sí mismos y a sus compañeros.

El MCN construye los niños y jóvenes de adentro hacia afuera creando florecer y "riqueza interior" que consiste en fuerza de carácter, virtudes y valores. Cuando las organizaciones adoptan el Método, construyen medios de ambiente con riqueza interior y relaciones florecientes positivas son el resultado. Cuando se utiliza independientemente éste Método cambia vidas, sin embargo, cuando se usa junto con otras intervenciones, mejora, hace más profunda y se ancla en la positividad en una manera significativa. Nos gusta referirnos a éste proceso de cambio como Milagro para Crecer en la vida real.

Jangala Tribal Warrior Series for children is derived from the concepts in the action guide for middle and high school youth titled *Tribal Warriors: Life Skills to Optimize Well-Being for Teens/Creating Nurtured Heart Communities* authored by Sherry A. Blair with Toni Anne Lofrano. A ten percent royalty fee is donated to the expansion of The Nurtured Heart Approach® for each book that is sold.

For information on how to receive training from Sherry Blair in The Nurtured Heart Approach® and how to utilize our books in your schools, programs or at home, visit our website at **SherryBlairInstitute.com** or email us at **info@SherryBlairInstitute.com**. (Sherry Blair Institute For Inspirational Change)

To become an Advanced Trainer in The Nurtured Heart Approach®, go to the Children's Success Foundation at **www.childrenssuccessfoundation.org**.

The Facilitator's guide is available on **amazon.com** and where books are sold. To request bulk rates, contact us at **info@SherryBlairInstitute.com**.

"La Serie Guerrero Tribal de Jangala" para niños se deriva de los conceptos en la guía de acción Para jóvenes en primaria y secundaria titulado "Guerreros Tribales; Habilidades para la vida para optimizar el Bien Estar para jóvenes, Creando Comunidades de Corazón Nutrido", cuya autora es Sherry Blair con Toni Anne Lofrano. Una cuota de diez por ciento de derechos de autor es donado a la expansión del Método Corazón Nutrido por cada libro que se vende.

*Para información de cómo recibir entrenamiento de Sherry Blair sobre el Método Corazón Nutrido y cómo utilizar nuestros libros en sus escuelas, programas o en casa, visite nuestro sitio red a **SherryBlairInstitute. com** o envíenos correo electrónico a **info@SherryBlairInstitute.com**. (Sherry Blair Institute of Inspirational Change)*

Made in the USA
Middletown, DE
11 October 2015